O LIVRO QUE A MENINA QUE ROUBAVA LIVROS DEVOLVEU

Alexandre Peralta

O LIVRO QUE A MENINA QUE ROUBAVA LIVROS DEVOLVEU

Uma obra IDIOTAS S.A.

© 2018 - Alexandre Peralta
Direitos em língua portuguesa para o Brasil:
Matrix Editora
www.matrixeditora.com.br

Diretor editorial
Paulo Tadeu

Capa
José Carlos Lollo

Projeto gráfico e diagramação
Allan Martini Colombo

Revisão
Silvia Parollo
Adriana Wrege

CIP-BRASIL. CATALOGAÇÃO NA PUBLICAÇÃO
SINDICATO NACIONAL DOS EDITORES DE LIVROS, RJ

Peralta, Alexandre
O livro que a menina que roubava livros devolveu / Alexandre Peralta. - 1. ed. - São Paulo: Matrix, 2018.
104 p. ; 23 cm.

ISBN 978-85-8230-468-6

1. Humorismo brasileiro. I. Título.

18-48082

CDD: 869.97
CDU: 821.134.3(81)-7

Leandra Felix da Cruz - Bibliotecária - CRB-7/6135

Sumário

Agradecimentos **7**

Idiotas on-line **9**

Idiotas da firma **19**

Idiotas de batismo **29**

Idiotas aos pares **33**

Idiotas do Brasil **43**

Idiotas da cidade **49**

Idiotas familiares **57**

Idiotas cinematográficos **61**

Idiotas do intervalo **71**

Idiotas de corpo e alma **75**

Idiotas de mesa **81**

Idiotas com milhagem **87**

Idiotas para análise **95**

Idiotas em geral **97**

AGRADECIMENTOS

Agradeço a Alan Medina, Alessandra Blocker, André Chaves, André Sabagg, André Santi, Ariane Guerra, Astério Segundo, Claudio Lima, Dani Bavoso, Dulcídio Caldeira, Edson Giusti, Egisto Betti, Eugênio Mohallem, Heitor Dhalia, José Carlos Lollo, Luiz Fernando Musa, Paulo Roberto Peralta, Paulo Tadeu, Pri Castello Branco, Rafa Maia, Rafael Machado, Renata Guida, Samanta Precioso, Samy Waitzberg, Silvio Piesco, Thais Kah, Vicente Varela, Vitor Amati, Vitor Fadul, Vitoria Ferraz.

Dedicado a Ana, Olivia e Clara.

IDIOTAS ON-LINE

Que atire a primeira pedra quem nunca cometeu um destes pecados.
Uma garota no confessionário:
– Padre?
– Sim, filha.
– Eu preciso muito me confessar.
– Pois não, filha.
– É que eu posto foto de pôr do sol no Instagram.
– Isso não é pecado, minha filha. É muito manjado, batido e bobo, mas não é pecado.
– É que não é só isso, padre.
– Como assim?
– Eu também já postei foto de asa de avião no Facebook.
– Quantas vezes?
– Eu trabalho no Rio. Toda vez que pego a ponte aérea.
– Seus amigos devem achar você uma mala, mas fique tranquila: pecado não é.
– Mas tem mais.
– Mais?
– É... toda vez que vou à Starbucks eu tiro foto do copo com o meu nome.

– E posta?
– Posto. No Facebook, no Instagram e no Twitter.
– Tudo bem. Pelo menos no Twitter ninguém vê.
– E eu também posto foto do que eu comi.
– Antes de comer?
– Sim.
– Menos mal...
– Tem mais uma coisa.
– Mais uma coisa?
– Eu também posto fotos da tela do meu notebook com ideias e projetos nos quais estou trabalhando só para mostrar que sou uma pessoa muito bacana. É pecado?
– Não, também não é pecado. Mas é brega pra caralho.
– Padre?!
– Escapou, perdão.
– Sabe o que eu faço também, padre? Eu faço *selfie* bebendo café de manhã virando a xícara para a câmera com a frase *It's coffee time!*...
– Com exclamação?
– Sim.
– Ave Maria...
– Rezo uma ave-maria?
– Não, foi só um comentário.
– Além disso, eu também costumo fazer post com foto da minha perna no sol...
– É chavão, mas não é pecado.
– Posto foto malhando na academia...
– É narcisista, mas não é pecado.
– Faço foto pulando no lugar e posto...
– É idiota, mas não é pecado.
– Faço foto *aftersex*...
– *After* o quê? Como é isso?
– O senhor não conhece? *Aftersex*. Tá muito na moda. A pessoa

transa e logo em seguida tira uma foto exibindo uma cara de satisfação e posta. É pecado?
– Depende. Se essa satisfação foi proporcionada pelo parceiro do matrimônio num ato que teve o intuito de procriar dando vida a um ser de Deus, não.
– E postar?
– Cafona!

*

Quem nunca marcou encontro por aplicativo e entrou numa roubada?
– Você é a Larissa?
– Você é o Luís?
– Esse Tinder é uma merda mesmo.
– Bota merda nisso. Eu achei que você fosse mais alto.
– E eu achei que você fosse mais magra.
– Eu devo ter inchado de susto.
– E o meu susto? Na foto você parecia loira.
– As fotos enganam, não? Na sua, você tá parecendo homem.
– Uau. Você precisa atualizar o seu perfil. Escreve lá: "agressiva".
– E você põe lá no seu: "grosso".
O rapaz lamenta:
– Setenta e dois reais de Uber jogados no lixo. Quem vai pagar esse prejuízo?
– Ainda por cima mora na periferia?
– Eu devia ter ficado em casa e pedido uma pizza...
– Entregam?
– ... e uma sobremesa.
– Depois eu que sou gorda.
– Tanta série nova pra assistir.
– Fui.
– Partiu Netflix.
Viram as costas e nunca mais se veem.

Outra breve história com Tinder. Um rapaz e uma mulher se encontram no local combinado, numa praça.
– Mãe?!
– Filho?
– Esse Tinder é uma bosta mesmo...
Segue um para cada lado.

*

Agora, azarado mesmo foi aquele sujeito que deu *match* no Tinder com a própria mulher.

*

Muita gente entra no Facebook quando vai ao banheiro, o que explica uma série de posts.

*

Sabe o que significa receber parabéns de cada um dos seus amigos no dia do seu aniversário? Significa que todos eles têm Facebook.

*

Odeio ficar sem internet. Minha vida sexual depende dela.

*

Não entendo por que algumas pessoas usam nome falso para fazer comentários. Elas já são anônimas com o nome verdadeiro.

*

Quando a pessoa posta "Senta que lá vem textão", eu já leio "Senta que lá vem erro de português".

O segundo maior medo do homem é a morte. O primeiro é ficar sem internet.

*

O Facebook se diz uma rede de amizade. Mas manda você cutucar a mulher do seu amigo.

*

Sabe qual é a diferença entre uma estátua e o Twitter? A estátua tem mais movimento.

*

Fui a uma festa vazia neste fim de semana. Chamava-se Twitter.

*

Um rapaz e uma garota estão perdidos em um lugar que não fazem a menor ideia de onde seja. Eles andam em círculos e olham em volta. É tudo vazio e inabitado.
– Onde é que a gente está?
– Não faço a menor ideia. Só sei que é vazio e sinistro.
– Eu acho que só tem a gente aqui.
– Parece abandonado.
– O que será que é aqui? Será que a gente morreu? Aqui é o céu?
– É tudo branquinho. Mas com certeza não é o céu.
– Por quê?
– Você seria um pouco mais bonita.
– E você mais alto. (pausa) Será que a gente tá numa espécie de Mundo Invertido, que nem daquela série?
– Não, o Mundo Invertido tem monstro. E um pouco de ação. Aqui não tem ninguém e não acontece nada.
– É estranho. Eu não lembro como vim parar aqui.
– Eu também não faço ideia de como vim parar aqui.

– (tentando recapitular) Eu estava lá, fazendo um post no Twitter, e de repente...
– (cai a ficha) Peraí, eu também! Agora eu lembrei: eu estava fazendo um post no Twitter!
– Meu Deus! A gente tá no Twitter!
– A gente tá no Twitter?
– Vazio, abandonado, sem ninguém. Onde mais? É o Twitter!
– Puta que pariu. Agora tamo fodido. Pra entrar alguém aqui vai demorar.
– Quem é que vai achar a gente no Twitter?
– Se fosse há alguns anos, ainda vá lá. Mas hoje em dia? Tamo fodido mesmo. Era melhor ter ido se perder no LinkedIn.
– E se a gente fizer uma *hashtag*?
– Você acha que isso funciona? É lenda urbana.
– E se a gente fizesse um anúncio?
– No Twitter? Não tem alcance.
– O que vamos fazer então pra acharem a gente aqui, meu Deus? Um vídeo?
– Com os índices de visualização deles, não vai adiantar nada.
– Uma foto?
– Foto é no Instagram.
– Uma frase?
– Para escrever para ninguém ler, já existem os livros.
– Então o jeito é se conformar e ficar aqui desaparecido? Que nem náufrago?
– Náufrago ainda pode colocar mensagem na garrafa e soltar no mar. Tem mais chance de alguém ver.
– Alguém podia retuitar a gente.
– (olhando em volta, tudo vazio) Quem?
– Você não tem seguidores?
– Até tenho. Mas eles não me seguem em qualquer roubada.

Sujeito na cama acordando de um coma. Ao lado dele, o médico e um enfermeiro.
– Onde estou?
– O senhor está no hospital.
– No hospital?
– Sim, o senhor sofreu um acidente e ficou em coma durante dez anos.
– Dez anos em coma?
– Sim.
– Que dia é hoje?
– É 13 de dezembro de 2028.
– Meu Deus!
– Calma...
– Meu celular! Cadê meu celular?
O enfermeiro entrega o celular e outros pertences ao paciente. Ele começa a olhar imediatamente o celular.
– Não acredito! Eu não acredito... Meu canal no YouTube continua com dois mil inscritos! Porra, o que acontece com essa merda, que não cresce?

*

O fã, para sua sorte (ou azar), consegue finalmente conversar on-line com a artista.
– Oi, Marcela! Tudo bem?
– Olá. Tudo bem!
– Eu sou o Rogério. Seu "fan".
– Você quis dizer "fã"? Com tilzinho e sem o "ene" no final, correto?
– Ahn?
– É que *fan*, efe-a-ene, não é uma palavra da língua portuguesa.
– Ah, não?
– Não. O certo é "fã".

– Ai, Marcela... Você é muito *engrassada*.
– Não sou, não.
– É, sim.
– Eu sou engraçada. Com cê-cedilha. Não com dois esses.
– Hahaha! Eu dou muita risada com você.
Ela é irônica:
– E eu com você.
– Finalmente consegui falar com você... Já estava ficando *xateado*.
– "Xateado"? Com "x"?
– Triste, vai. Pronto.
– Sim. Triste já me parece melhor. Especialmente neste momento.
– E se *agente* se conhecesse? O que você acha?
– "Agente" junto?
– Sim! Isso! Isso!
– "A gente", separado, é que é o certo.
– Mas por quê? Eu estou *afim* de você.
– Você está sozinho?
– Sim, sim!
– Cadê o seu corretor automático?
– Quê?
– Aurélio.
– É Rogério.
– Esquece, deixa pra lá.
– Marcela, você está me *descriminando*?
– Não, eu estou incriminando: o que você está fazendo com a língua portuguesa é um crime.
– Ahn?
– Discriminação, de preconceito – como você quer dizer –, é com "i". Não com "e".
– Está de sacanagem *com migo*?
– Não, você está de sacanagem com você: é "comigo". Junto!

– Ah, agora quer ficar junto? Pois agora quem não quer junto sou eu. Estou indo *em bora*.
– Separado?
– Claro que separado! Já deu pra perceber que ficar falando aqui com você é *perca* de tempo...
Desliga o chat.

IDIOTAS DA FIRMA

Quando você ama o que faz num dia e odeia no outro, você não é bipolar. Seu chefe é que é.

*

Eu visto a camisa da empresa. Para dormir, mas visto.

*

Casual Friday é aquele dia da semana em que você entende por que alguns caras têm que trabalhar de terno a semana inteira.

*

Na próxima vez que for cobrar um prazo, lembre-se de que o mundo foi feito em sete dias e deu no que deu.

*

Não gosto de trabalhar para mim mesmo. Eu pago muito mal.

*

Não sinto raiva das pessoas que surfam enquanto estou trabalhando. Mas tenho fé nos tubarões.

Fim de ano, não misture: 1) Destilado com fermentado. 2) Festa da firma com celular que filma.
Antigamente, você ficava apreensivo tentando adivinhar se ia ter festa da firma no fim do ano. Hoje, você fica apreensivo tentando adivinhar se vai ter firma.

*

Outro dia, recebi uma proposta de salário tão indecente que eu respondi que a Black Friday já tinha acabado.

*

Quando um chefe chama um funcionário para uma conversa em sua sala, o assunto é sério. Existem assuntos que precisam ser tratados com muito jeitinho e delicadeza na empresa.
– O senhor me chamou, chefe?
– Chamei, sim, Cléber. Senta aí.
– Pois não, chefe.
– Cléber, há quanto tempo você está com a gente aqui na firma?
– Quinze anos.
– Pois bem. Eu tenho um assunto delicado para conversar com você hoje.
– Não, pelo amor de Deus. O mercado está difícil. Se o senhor me demitir agora, eu não vou arrumar outra coisa. Já tô me vendo dirigindo Uber pra ganhar dinheiro.
– Calma...
– A Cibele gasta muito!
– Calma...
– Ela tem três cartões.
– Não...
– São três anuidades.
– Eu...
– Nenhuma grátis.
– Não vou mandar você embora.

– Não?
– Não, não é isso.
– Ufa! Porque chegou outro cartão pelo correio. Eu tenho certeza que ela vai desbloquear.
– É sobre outro assunto que eu preciso conversar com você.
– Que bom, chefe.
– Eu me apaixonei por você.
– Como?
– Perdidamente.
– Não estou entendendo.
– Eu não sei. Essas coisas não se explicam, né? Nesses quinze anos trabalhando juntos, eu acho que nós criamos um vínculo muito próximo. Aconteceu.
– Peraí...
– O seu jeito...
– Mas...
– A maneira como você opera a impressora.
– Mas...
– A delicadeza com que você ajeita as folhas de sulfite na gaveta.
– Eu...
– Sei lá, me acostumei a ver você trocando o tôner.
– Eu sou casado!
– Eu sei.
– Eu tenho filhos.
– Eu conheço eles.
– Eu não sou gay!
– Ninguém é perfeito. Cléber, eu não consigo mais prestar atenção nos cálculos dos relatórios que você entrega. Eu não consigo mais me concentrar nas suas planilhas. A cada prestação de contas que você apresenta, eu só consigo pensar em como os números estão horríveis e você está lindo!
– O senhor vai me desculpar...

– Você não tem que se desculpar por isso.
– Não! Isso é assédio sexual.
– Eu chamo de amor.
O funcionário olha em volta procurando as câmeras.
– É pegadinha?
– Ahn?
– É pegadinha?
– Quê?
– Pegadinha.
– Você quer dar uma pegadinha?
– Onde é que tá a câmera?
– Que câmera?
– Tá filmando, né?
– Quer que filme?
– Ahn?
– Sim ou não? Decide.
– Eu me demito!
– Cléber...
– Tô fora.
– Peraí.
– Partiu, Uber.
– Não quer conversar?
O funcionário se levanta, vira as costas e vai embora. Demitir é caro para a empresa; é muito mais barato quando o funcionário pede as contas.

*

Processo de seleção de empresa. A candidata está sendo entrevistada. A entrevistadora fala:
– Vejo que o seu currículo é muito bom. A senhora passou por empresas excelentes.

– Muito obrigada.
– A nossa dinâmica de entrevista aqui é um pouco diferente. Nós fazemos perguntas que nos ajudam a identificar o perfil psicológico do candidato para saber se ele se encaixa na cultura da empresa. Tudo bem?
– Tudo bem, e você?
– Não, eu pergunto se pra você está tudo bem esse modelo de entrevista.
– Ah, desculpe... Claro!
– Então vamos começar... Se alguém gritar "tiro", você faz o quê? Pula no chão ou pega alguém para escudo e põe na sua frente?
– Como assim?
Ela anota.
– Numa reunião, em que você não está entendendo nada, você faz cara de quem está entendendo ou finge que vai cagar e sai da sala?
– A segunda alternativa.
– Você se considera uma pessoa organizada?
– Eu sabia que você ia perguntar. Guardei essa resposta aqui em algum lugar... (começa a procurar na bolsa).
– Você se considera pronta para o cargo?
– Me explica um pouquinho melhor o que faz.
– Você se considera uma pessoa segura?
– Ai, meu Deus... Por que você está perguntando isso?
– Você se considera uma pessoa comunicativa?
– Sim.
– Por quê?
– Porque sim.
– Você se considera uma pessoa estável?
– Tem dia que sim, tem dia que não.
– Você se considera uma pessoa tranquila?
A entrevistada fica vermelha e diz:
– Tá perguntando isso por quê!?

A entrevistadora apazígua:
– Calma, calma.
E muda de pergunta:
– Você se considera uma pessoa competitiva?
– Não sou muito competitiva. Mas sou mais competitiva que as outras pessoas.
– Gato ou cachorro?
– Gato.
– Bala ou chiclete?
– Bala.
A entrevistadora tira uma bala do bolso e oferece para a entrevistada.
– Não, obrigada.
A entrevistadora desembrulha a bala e come.
Sei lá, as metodologias corporativas de processos de seleção estão cada vez mais estranhas.

*

Ah, o mundo corporativo. Costumo dizer que empresa é aquele lugar onde você precisa estar sempre com a bunda encostada na parede.
Ele era um daqueles sujeitos puxa-sacos de chefe. Dedo-duro, ele aproveitava os momentos que tinha a sós com o chefe, assinando documentos, para tentar puxar o tapete dos coleguinhas.
– Ô, chefe, será que eu poderia falar com o senhor um minutinho?
– Claro, senta aí.
– Então, chefe, o senhor sabe que eu não sou de falar muito, né? Mas desta vez eu realmente não posso ficar quieto.
– O que houve?
– Sabe o Melo, da área de compras?
– Sei, o Melo. Que tem ele?
– Pois é. Ele está espalhando por aí que o senhor é corno.
– Que eu sou corno?

– É isso aí.
Silêncio entre os dois. O chefe dá um longo suspiro.
– É verdade. A minha mulher me traiu. Muita gente sabe disso, eu não escondo de ninguém.
Por essa o dedo-duro não esperava. Mas ele não desiste.
– Mas ele fala que o senhor é um corno manso.
– De fato, eu não briguei com ela. Inclusive aceitei as desculpas, embora ela nunca tenha pedido.
– Ok. Mas tem várias outras coisas que ele fala também.
– Que coisas?
– Ah, ele fala, quando a gente vai almoçar no quilo, que o senhor é veado.
– Eu sou veado.
– É?
– Por isso que eu não dei muita bola pra essa traição da minha mulher. Machuca um pouco o ego, né? Mas o ego não é a minha zona erógena favorita.
– Mas, chefe...
– O quê?
– Como é que o senhor vai deixar um funcionário como esse na sua equipe? Ele fala para todo mundo que o senhor é um filho da puta.
– Querido, minha mãe teve cinco filhos...
– E?
– Era viúva.
Os dois ficam se olhando. O intrigueiro desiste e se levanta:
– Desse jeito realmente não dá para puxar o tapete de ninguém. Com licença...

*

O RH se aproxima da mesa de um funcionário para apresentar a nova chefe.

RH: Bom dia.
Funcionário: Bom dia.
RH: Pinto, eu gostaria de apresentar a você a Shana. Shana, eu gostaria de introduzir a você o Pinto.
Funcionário: Prazer.
Nova chefe: O prazer é meu também.
RH: Shana, Pinto. Pinto, Shana. A partir de agora, Pinto, você será comandado pela Shana.
Funcionário: E o Rego?
RH: O Rego? Não se encaixa mais. Ele está se abrindo para novas possibilidades. Shana vai nos ajudar a aumentar nossa penetração no mercado.
Funcionário: Tá. Eu estava acostumado com o Rego, mas tenho certeza de que vou me adaptar à Shana.
RH: Shana, você vai gostar do Pinto: ele tem uma graaande cabeça.
Nova chefe: Ah, tenho certeza de que a gente vai se entender muito bem. Eu sou muito aberta.
RH: Também tenho certeza de que vocês vão se entender bem. Pinto é bem rígido. Tem horas em que ele é muito duro. Mas depois fica gozado.
Nova chefe: Como sua nova chefe, Pinto, eu pretendo estimulá-lo ao máximo.
RH: Excelente. Muito bom. O Pinto estava acomodado, meio de lado. A empresa acha que ele precisa de uma chacoalhada.

*

Tempos depois...
O funcionário Pinto entra na sala de sua chefe, Shana, preocupado.
– Shana, posso entrar?
– Sempre, Pinto.
– Então...

– Pode falar, Pinto.
– Sabe o que é, Shana?...
– O quê?
– Eu tenho sentido você meio seca comigo.
– Como assim?
– Não sei... Eu tenho me mexido bastante, me movimentado o máximo possível, mas...
– O quê?
– Você não dá abertura.
– Pinto, você precisa ir mais devagar. Eu posso lhe dizer isso porque a minha experiência é larga.
– Mas, Shana...
– Você é muito apressado.
– É que eu estou pronto para subir.
– Pinto, eu não sei por que estamos discutindo um assunto tão pequeno.
– Eu quero entrar para os anais da história!
– O que você quer?
– Um aumento.
– Quer me deixar irritada?
– E uma nova posição.
– Pinto, eu vou pedir que você se retire daqui de dentro.
– Mas, Shana...
– Levanta, Pinto.
– Tá vendo? O outro chefe, o Rego, era muito mais fácil.
– O Rego era uma merda...
– Pelo menos o Rego me dava feedback.
– Ele virava as costas pra equipe...
– Não, o Rego sentava comigo.
– Chega de olhar pra trás!
– Ele se rasgava... em elogios.
– Pinto, o Rego é sujo.

– Isso não é verdade. Todo mundo gostava da área do Rego.
– O Rego estava cagando...
– Depois eu que sou duro.
– Pinto, eu sinto muito.
– Não sente.
Pinto se levanta e vai embora.

IDIOTAS DE BATISMO

Nome pode ser um problema. Eu, Alexandre Salgado Peralta, que vos escreve, cresci ouvindo piadinhas com o meu nome. Na escola eu era motivo de chacota todos os dias na chamada. Minha vida só melhorou no dia em que entrou um garoto na minha classe chamado Alexandre Carneiro Leão. O nome dele vinha antes na chamada e esvaziava as risadas antes de a professora falar o meu.
Ainda hoje ouço piadinhas com meu nome. Outro dia eu fui a uma reunião e a recepcionista do prédio, quando pegou meu RG, olhou para mim com um sorrisinho maroto no rosto e perguntou: "Você é Peralta mesmo?". Eu respondi: "Se eu não estivesse atrasado para a reunião, eu te mostrava".
Fora a quantidade de pessoas que me perguntam se, por um acaso, eu sou dono dos supermercados Peralta. Mas eu já aprendi a responder: "Não, eu sou primo do Nilton Travesso".

*

Homem entra no cartório e vai direto ao escrivão. Chegou a hora de corrigir o erro de seus pais. Cansou de levar uma vida de sofrimento.
– Boa tarde.

– Boa tarde, senhor.
Ele entrega a identidade. O escrivão lê:
– Cu Kawamura?
– Pois é. É isso. Foi por isso que eu tomei coragem e vim até o cartório pra trocar de nome. Eu não aguento mais. A minha vida tem sido um inferno desde o jardim de infância. Sofro *bullying* desde muito antes de inventarem essa palavra. Eu realmente não sei onde meus pais estavam com a cabeça pra me colocar um nome assim. Cu? Cu? Vai tomar no cu!
– Não pode falar palavrão aqui, senhor.
– Desculpe. Às vezes eu perco um pouco a calma. Mas eu queria ver se fosse você respondendo à chamada oral no ginásio todo dia: "Alexandre? Presente. Beatriz? Presente. Cláudio? Presente. Cu?".
– Eu disse que não pode falar palavrão.
– Mas é o meu nome!
– É mesmo...
– Imagine só como foi difícil arrumar namorada com esse nome. Pense nela me apresentando pra mãe, pro pai, pros irmãos... Pense como foi difícil dar a primeira transada... "Vai, Cu, não para! Assim, Cu! Não para! Broxou, Cu?". E suruba, então? Já pensou entrar com esse nome? Eu tenho medo...
– Só vou pedir para o senhor falar um pouquinho mais baixo.
– Ah, então você já deve estar concordando comigo que esse nome é foda, né?
– O palavrão, Cu... Ops, agora fui eu.
– E pra arrumar emprego? Você manda o currículo por e-mail e ele já cai direto no lixo eletrônico. Aí você vai me dizer: "Mas a vida não é só trabalho, não é não?". Pois é: vai tentar jogar futebol com esse nome. Vai tentar fazer reserva no restaurante. Vai comprar *frappuccino* no Starbucks, vem o Cu com *smile*! Outro dia cheguei para uma reunião num prédio comercial e a mocinha da recepção me pediu a identidade pra fazer o cadastro.

Pediu para tirar uma foto minha, tal, aquela coisa... e depois entregou o crachá com um sorrisinho irônico: "A entrada é logo atrás do senhor".
– Bom, mas eu já entendi. O senhor quer entrar com um requerimento de mudança de nome, não é isso?
– Sim, por favor. Eu não aguento mais me chamar Cu... É muito pejorativo.
– E se a gente colocar Cunha?
– Aí prefiro Cu.

*

Se você acha difícil cancelar o cartão de crédito, imagine para este sujeito.
Cliente ao telefone solicitando o cancelamento do cartão de crédito ao atendente:
– Eu queria cancelar meu cartão de crédito, por favor.
– Pois não, qual é o nome completo do senhor?
– Astério Segundo.
– Quê?
– Astério Segundo.
– Como? (risos)
– Astério Segundo.
– O senhor pode soletrar, por favor?
– Claro. Anote aí. "A" de Arrombado; "S" de Sem-vergonha; "T" de "Tô mandando na sua *véia*"; "E de Energúmeno"; "R" de Rato de esgoto; "I" de Idiota; e "O" de Otário.
– Muito obrigado pelas informações. E o sobrenome, senhor?
– Claro... Sem problema... Segundo. Vou soletrar para você: "S" de "Sem noção"; "E" de Engraçadinho; "G" de "Gerundinho de merda"; "U" de "Um babaca"; "N" de Nabo; "D" de Dedada; "O" de Orifício.
– Obrigado mais uma vez pelas informações, senhor. Eu vou estar encaminhando o seu pedido para Cancelamentos. Cancelamentos:

"C" de "Cara, você tá fodido"; "A" de "Anotando o seu número para passar trote de madrugada"; "N" de "Nunca mais você vai conseguir cancelar essa bosta"; "C" de "Cagando quilos para a sua ligação"; "E" de "Extraviando a sua fatura"; "L" de "Liquidando os seus pontos de milhagem"; "A" de "Atrasou a fatura"; "M" de "Multa"; "E" de "Esqueci o protocolo"; "N" de "Não consta contato, senhor"; "T" de "Tô rindo até 2020"; "O" de "Ô, nomezinho de bosta"; e "S" de "Surrupiando todos os seus dados".

IDIOTAS AOS PARES

Os dois estão prontos para dormir. Ela apaga o abajur e se deita. O marido começa a avançar lentamente para o lado dela na cama, se insinuando... A mulher avisa:
– Eu já coloquei o aparelho, tudo bem?
– Tudo bem.
– Tô com a mão cheia de creme.
– Não tem problema.
– Só não tira minha blusa.
– Tá.
– Trancou a porta pras crianças?
– Tranquei.
– Não demora, tá?
– Deixa pra lá...
Qualquer semelhança com a realidade é mera coincidência.

*

Na vida a dois, o sexo não tem regras. Mas para este casal tinha. As regras dela.
A mulher está deitada na cama. O marido se deita ao lado dela com várias folhas de papel na mão. São as "instruções".

O homem confere mais uma vez o que está escrito:
– Aí eu chego, vou me deitando lentamente ao seu lado e começo a massagear?
– Começa a massagear minha coxa direita. Está tudo explicadinho nas instruções. É só ler direito.
– Digo que está calor e tiro a sua blusa?
– Eduardo...
– O quê?
– Você tem algum problema com a minha letra?
– Não. Você escreveu no computador.
– Então, por que você fica me perguntando toda hora o que tem que fazer? Tá tudo escrito aí, é só ler.
– (lendo) Começo a massagear então também a coxa esquerda... Peraí, isso aqui não dá para fazer.
– Por quê?
– Se eu vou massagear sua coxa direita com uma mão e sua coxa esquerda com a outra mão, quem vai segurar as instruções?
– Se você tivesse decorado o roteiro em vez de trazê-lo pra cama, estaria com as suas mãos livres agora.
– É que...
– Eu perco o maior tempo escrevendo o que você tem que fazer e você não lê.
– Eu li.
– Mas não decorou.
– Tudo bem, eu seguro com a boca. Deixa isso pra lá.
– Não! Você não leu porra nenhuma mesmo, né?
– O quê?
– Você vai usar a boca! Tá na página dois.
– Ai, caralho.
– Também! Tá na página três.
– Só na página três?
– Ou quatro, não lembro.

– Eu tenho que seguir tudo exatamente como está no roteiro ou posso improvisar?
– Improvisar como?
– Como os atores fazem com os textos dos escritores: eles usam a intenção, mas dão seu toque pessoal.
– Segue o texto, Eduardo.
– Tá bom.
Ele começa a virar para o outro lado da câmera. Ela o interrompe:
– Que cê tá fazendo?
– O quê?
– Isso não tá no roteiro.
– Tô pegando meus óculos. Você usou Times 12.
– Não vamos discutir tamanho.
– Eu não enxergo.
– Já que você não enxerga, eu poderia ter dado esse roteiro pro vizinho.
– É. Duvido que a mulher dele faça isso com ele.
– O quê?
– Mandar ele transar com ela com um manual de instruções.
– Talvez ele não precise.
– Como assim?
– Volte pro texto, Eduardo.

*

Um casal à noite em casa. A mulher não larga o celular.
Ele pergunta a ela:
– Você não percebeu nada?
Ela responde, sem tirar o olho do celular:
– O quê?
– Não notou nada diferente?
– Diferente como?

– Nada de novo?
– Novo?
– Deixa pra lá...
– O quê?
– Deixa...
– Fala.
– Eu achei que você fosse reparar.
– No quê?
– No meu cabelo.
– Ah, agora que eu vi. Você cortou. Ficou ótimo, amor!
– Ficou ótimo, mas você nem tinha reparado...
– Desculpe, amor. Eu adorei o corte.
– Três horas no cabeleireiro para não receber nenhum elogio.
– Eu tô elogiando!
– Tá elogiando de peso na consciência, porque nem percebeu.
– Não é verdade. Tá lindo. Fez luzes?
– Eu tô cansado dessa sua indiferença. Você não presta atenção em mim. Fica nesse Instagram, Facebook, Snapchat. É como se eu não existisse.
– Não é verdade, Marcos.
– Márcio.

*

É fim de semana. Josmar e Rita estão sentados um ao lado do outro em um café qualquer da cidade. Ele lê o jornal enquanto ela mexe no celular. É Rita quem quebra o silêncio:
– Josmar?
– O quê?
– Eu queria que você me desse um presente bem caro neste Dia dos Namorados. Acho que, depois de tantos anos casada com você, eu mereço.
– O que cê quer ganhar, hein, meu chuchuzinho? Me fala... Uma joia?

– Mais caro...
– Um carro?
– Mais caro.
– Uma casa na praia?
– Mais caro ainda.
– O quê?
– Divórcio.

*

Dizem que a base de todo relacionamento é a confiança. Mas esposa nenhuma confia em marido que, de uma hora para outra, sem nenhuma explicação, volta a cortar a unha do pé. Todo mundo sabe que os homens deixam pra lá essas coisas depois que se casam. Eles se tornam homens de Neandertal. Cuidados pessoais dessa natureza podem ser um mau indício para o casamento – motivo para brigas, ciúme e desconfiança entre o casal. Não é mesmo, Tarcísio?
Tarcísio no banheiro, cortando as unhas dos pés, é surpreendido por sua mulher.
– Tarcísio, por que você está cortando a unha do pé? Está me traindo?
– Como assim?
– Tá cortando a unha do pé pra quem? Me fala.
– Ninguém. A unha tá grande. Tá rasgando a meia, é só isso.
– Qual é o nome dela?
– Quem?
– A piranha pra quem você tá cortando essa unha.
– Eu não tô cortando a unha pra piranha nenhuma. Tô cortando a unha pra conseguir pôr o sapato.
– Você acha que eu sou idiota, é? Você deixou de cortar a unha do pé desde que a gente casou, Tarcísio...
– Então... tava na hora.

– E também deixou de usar desodorante.
Ele não responde nada. Fica um silêncio. Ela diz:
– Eu tô sentindo cheiro de desodorante! Ai, meu Deus...
– Calma...
– Deixa eu cheirar seu sovaco!
– Que é isso? Não tem desodorante nenhum aqui, não.
– Jura?
– Sim. É perfume.
– Ai, meu Deus!
Pois é, sempre pode ser pior.

*

E há também momentos em que pares deixam de ser pares. Passam a ser três pessoas vivendo um mesmo relacionamento amoroso e sexual. Um casal de três. Um trisal.
Homem, mulher e uma amiga na cama. Elas duas em êxtase depois de transar. Ele, emburradinho.
Mulher: E aí?
Amiga: Eu amei!
Mulher: Eu também! Tava muito bom.
Homem: É...
Mulher: Que foi?
Homem: É que vocês ficaram... mais entre vocês, né?
Mulher: Magina!
Amiga: Que é isso!
Homem: Sei lá, parecia que eu nem tava aqui.
Mulher: A gente te deu a maior atenção.
Amiga: Tem que saber esperar a vez!
Mulher: E a gente deixou o brinquedinho com você...
Homem: Eu não gosto de brinquedinho.
Mulher: Mas gosta de ver a gente usar.

Homem: Pô, fiquei me sentindo o tempo todo meio sem função.
Mulher: Como, sem função? Quem foi pegar água pra gente, hein?
Amiga: Nossa, naquela hora eu tava morrendo de sede!
Mulher: E outra: se não fosse você, o telefone estaria tocando até agora.
Amiga: Aliás, quem era?
Homem: Era da NET.
Amiga: Puta merda, os caras sempre ligam na hora que não pode.
Homem: Pacote do Brasileirão...
Mulher: Os caras realmente acham que vão vender alguma coisa ligando para a casa das pessoas a essa hora?
Homem: Eu comprei.
Mulher: Ahn?
Amiga: Comprou?
Homem: Pra ter alguma coisa pra fazer da próxima vez.

*

Teve ainda mais uma história com esse trisal...
Mulher: Ah...
Mulher 2: Meu Deus!
Mulher: E aí?
Mulher 2: Muito bom!
Mulher: Morri...
Mulher 2: Bom demais!
Mulher: Vi Jesus...
Homem: Vocês só ficaram entre vocês...
Mulher: Lá vem ele...
Homem: Nem repararam que eu tava aqui.
Mulher: Como, não reparamos?
Mulher 2: Reparamos. Você tava roncando alto!
Mulher: Ele tem apneia.

Homem: Peguei no sono... Não tinha nada pra fazer... Eu queria ter participado...
Mulher: Mas você participou, amor.
Mulher 2: De certa maneira.
Mulher: Pra começar, a ideia de chamar uma amiga minha foi sua. Lembra?
Mulher 2: Olha que participação importante! Se não fosse você, nós duas não estaríamos aqui.
Homem: Pois é, mas eu tinha imaginado diferente.
Mulher: Você comprou o vinho e fez o jantar! Olha quanta participação...
Mulher 2: Além disso, foi até a minha casa me buscar e agora vai me levar... Santo André é longe.
Homem: Eu queria ter participado mais.
Mulher 2: Mais?
Mulher: Amor, ainda dá tempo.
Homem: Ahn? É...?
Mulher: Sim. Quer fazer um café?
Mulher 2: Olha, meu pé tá precisando de uma massagem.
Homem: Eu fui o único que não fez sexo aqui!
Mulher 2: Fique à vontade... Você quer que a gente olhe pra lá?

*

Pode chamar de poliamor. Pode chamar de suruba. Pode chamar de *ménage à trois*. Só me chama.
Sou um conservador: o único acessório que levo para a cama é um travesseiro antirrefluxo.

*

Difícil agradar minha mulher. Levei o café da manhã na cama e ela disse que o lençol é novo.

Por que reformar a casa? Existem maneiras mais baratas de acabar um casamento.

*

A segunda maior causa de divórcio é a traição. A primeira é o aspirador de pó no sábado.

*

Amanda está se trocando no quarto. Mário Sérgio sai do banheiro segurando um vibrador.
– Amanda, o que é isso?
– O que é isso o quê?
– Isso! – ele aponta para o vibrador.
– Isso é um... massageador.
– Massageador? É um vibrador!
– Semântica.
– Você tá usando um vibrador nas minhas costas?
– Não, nunca usei em você. Você teria percebido.
– Usando escondido, eu quis dizer!
– Veja bem...
– Eu estou vendo bem: é uma piroca.
– Se você quer colocar assim...
– Eu não quero colocar nada!
– Mário Sérgio...
– Qual é o problema com a minha piroca?
– Nenhum.
– Então por que esse pinto elétrico? É por isso que a conta de luz tá vindo alta?
– Não!
– Por causa de um pinto? Uma pica? Uma benga?

– Não é nada disso, amor!
– Como não?
– É a pilha.

*

Um jovem casal no ponto esperando o ônibus. Vemos que eles estão arrumadinhos, provavelmente trata-se de um passeio de sábado ao shopping. De repente, o rapaz dá um longo e apertado abraço na garota. Depois de vários segundos, ainda abraçados, ela pergunta:
– Você me ama?
Ele:
– Não, é frio.

IDIOTAS DO BRASIL

Para você, que sempre quis saber o que acontece quando um político coloca a cabeça no travesseiro.
O homem está deitado na cama tentando dormir. Ele escuta uma voz.
– Oi. Tudo bem?
– (procura em volta) Ahn?
– Calma, não adianta me procurar no quarto que você não vai me encontrar.
– Quem é você?
– Eu sou a sua consciência.
– Ah, pensei que fosse alguém importante. Dá licença que eu preciso dormir.
– Não.
– Como assim, "não"?
– Hoje nós vamos ficar acordados pensando em todas as coisas que o senhor fez, senhor ex-governador.
– Minha amiga, eu achei que você nem existisse. Agora pode me dar licença que eu quero dormir?
– Não.
– Então eu ponho o cobertor na cabeça e pronto.
– Não vai adiantar nada. Eu estou dentro da sua cabeça.
– Tá bom, o que eu fiz?

– O senhor não se lembra?
– Não.
– Eu estou com a sua memória aqui ao lado e ela está dizendo que o senhor se lembra, sim. Ela, inclusive, está mandando lembranças.
– Ah, estão em bando.
– Bando são o senhor e o seu partido. Desviaram dinheiro público para benefícios pessoais e quebraram o estado.
– Tá bom. Isso é motivo para eu não dormir?
– Graças ao esquema de roubo milionário que o senhor implantou na sua gestão, as pessoas estão morrendo, porque a saúde pública não tem verba pra atendê-las.
– É uma sacanagem...
– Exatamente!
– Elas descansando em paz e eu aqui acordado.
– Canalha. O senhor também roubou o dinheiro das aposentadorias.
– Se as pessoas estão morrendo, não vão precisar.
– Até mesmo o dinheiro da merenda escolar o senhor desviou para o seu patrimônio oculto no exterior.
– Eu estava tentando resolver o problema da obesidade infantil.
– Criminoso.
– Vai, conta uma história pra eu dormir.
– O senhor não vai dormir.
– Já estou fechando os olhinhos.
– Não vai conseguir dormir.
– Sete carneirinhos, oito carneirinhos, nove carneirinhos...
– Eu ordeno que o senhor fique acordado.
– Você não vai conseguir me impedir de dormir. Você não existe.
– Pense no índice de violência que cresceu no estado com a greve da polícia. O estado não tem dinheiro para pagar o policiamento.
– Continue, essa sua conversa está me dando sono.
– O senhor é um dos maiores corruptos que este país já conheceu. O senhor é um assassino.

Mas o sujeito fecha os olhos e logo começa a roncar. Dormindo o sono dos justos, sem ser um deles.

*

Há um site que explica exatamente o que fizeram com o Brasil. O nome dele é Porntub.

*

Bons tempos aqueles em que o juiz cuja mãe a gente xingava era o do jogo.

*

Brasília deu errado como carro e como capital.

*

Nos Estados Unidos, os humoristas estão em Nova York, Los Angeles e Las Vegas. No Brasil, eles ficam concentrados em Brasília. O problema de fazer humor no Brasil é a grande quantidade de competidores em Brasília.

*

O Brasil é um país que só avança no horário de verão.

*

A vida faz *bullying* com o brasileiro.

*

Foi-se o tempo em que você podia ler o jornal no domingo com calma. Você pode até ter tempo, mas é impossível ter calma.

Acabaram as tornozeleiras eletrônicas em Brasília. Brasil, o país do humor involuntário.

*

Disseram que Dilma gastava até 10 mil reais por mês em *cabeleileiro*. Você não acha isso um crime? Esse *cabeleileiro* tem que ser processado.

*

A mentira tem mindinho curto.

*

Não fico mais com raiva do Lula. Porque, quando eu fico com raiva, eu fico vermelho. E vermelho é a cor dele.

*

Discussão sobre política é que nem chuveiro: dá preguiça de entrar, mas depois que você esquenta não quer mais sair.

*

No Brasil, se você está morrendo, o último lugar a que deve ir é o hospital.
Um homem está abandonado à sorte em uma maca no corredor de um hospital público. Ele grita:
– Alguém pode me atender, por favor? Eu tô morrendo!
Aparece uma enfermeira.
– Senhor, senhor... O senhor não pode morrer agora! Tem uma

fila de gente que chegou antes do senhor pra morrer aqui neste hospital.
– Quê?
– A gente não tem morte para atender todo mundo...
– Como?
– Morte... Sabe a morte? Aquela de capuzão preto, com a foice na mão, que vem buscar as pessoas? Então, nós estamos só com duas hoje de plantão.
– Quer dizer que não dá mais nem pra morrer em hospital público?
– É muita gente pra morrer, senhor. O sistema não dá conta. Tem gente aqui que tá pra morrer desde janeiro.
– Moça, eu estou realmente me sentindo mal. Eu posso morrer a qualquer momento.
– Desculpe, senhor... Bons tempos aqueles em que a gente podia morrer de repente... Mas, com essa falta de recursos, o senhor vai ter que ter paciência.
– Se eu não posso morrer, então me chame um médico!
– Ah, espertinho... Tentando burlar o sistema pra morrer mais rápido?

IDIOTAS DA CIDADE

Bons tempos aqueles em que você viajava duas horas para chegar a outra cidade, e não à mesma.

*

Outro dia, fui dizer que São Paulo é uma das cidades mais violentas do mundo e levei uma surra.

*

Gostei quando aumentaram o limite de velocidade nas marginais. Não aguentava mais levar multa de bicicleta.

*

De fato, a Dutra é uma estrada perigosa: ela leva você ao Rio de Janeiro.

*

Triste coincidência é quando você descobre que o cara com quem brigou no trânsito é o seu dentista.

Ei, você, que fica colado na minha bunda no trânsito: eu sou espada.

*

Já aconteceu comigo. Já aconteceu com os meus amigos. Existe uma grande chance de já ter acontecido com você. O manobrista do estacionamento entrega o carro para a dona. Ele sai de dentro do carro, ela entra.
– Obrigada.
– De nada.
A mulher pula para fora do carro.
– Ei!
– O quê?
– Volta aqui um minuto.
– Quê?
– Você peidou no meu carro?
– Eu?
– Que absurdo!
– Eu, não.
– Peidou, sim.
– Peidei, nada.
– Porra... A pessoa paga 38 reais pra deixar o carro no estacionamento e o carro vem peidado?
– Não sei do que a senhora tá falando.
– Que peido caro.
– Não, eu não...
– Como se já não bastasse ter demorado tanto pra trazer o carro.
– É que tinha três carros na frente do carro da senhora.
– Por que não peidou neles, então?
– Tive que manobrar os três.
– Precisava peidar no meu se tinha outras três opções?
– Deu o maior trampo: era uma picape, um Jeep e um Corolla.

– Peidasse no Corolla, que é carro de velho.
– Ahn?
– Pelo menos velho não tem olfato.

*

A mesma garota, em outro dia, não consegue achar seu carro em um estacionamento.
– Droga!
Um cara, passando, para a fim de tentar ajudá-la.
– Oi. Que foi?
– Nada, não... Eu perdi meu carro nesta porcaria de estacionamento.
– Você quer uma ajuda?
– Eu não faço ideia de onde parei!
– Fique calma. Isso já aconteceu comigo uma vez.
– Não lembro se foi na área da maçãzinha, do moranguinho...
– O estacionamento deste shopping é meio confuso mesmo.
– ... da laranjinha...
– Eu também não entendo por que os shoppings dividem seus estacionamentos por frutas: se a gente quisesse ir à feira, não estaria no shopping. Você lembra por onde entrou?
– Pelo cano, me parece.
– Não, eu quis dizer por qual loja você entrou. Aí a gente descobre onde você parou.
– Acho que entrei pela C&A.
– Não, pela C&A não pode ser.
– Por quê?
– Não tem C&A neste shopping.
– Ah, então foi pela Renner.
– Também não tem Renner.
– Zara? Pode ser Zara?
– Não tem Zara.

– Que merda de shopping é esse que não tem nada? Jesus, o que eu vim fazer aqui?
– Não se desespere, que a gente vai encontrar o seu carro. Você lembra a placa dele?
– A placa tem umas três letras...
– Sim, mas...
– E uns quatro números.
– Como todas.
– Viu? É por isso que é tão fácil perder o carro no estacionamento.
– Deixa pra lá. Como é o seu carro?
– Meu carro? Ele tem quatro rodas, um porta-malas, um capô assim que esconde o motor, dois faróis bem na frente e duas lanternas na parte de trás.
– Assim fica difícil.
– Por quê?
– Todos os carros que estão estacionados aqui têm quatro rodas, um porta-malas, um capô assim que esconde o motor, dois faróis bem na frente e duas lanternas na parte de trás.
– É essa indústria automobilística de merda que não se reinventa. Onde já se viu, fazer todos os carros iguais?
– Você lembra o modelo dele?
– Isso eu lembro: é um Jeep pequeno, sabe? Dos novos.
– Ah, sei: aquele Fiat que tem um adesivo da Jeep.
– Como assim?
– Na verdade é um Fiat, né? A Fiat comprou a marca Jeep e é ela que fabrica o carro.
– Bom, esse é o carro que eu preciso encontrar.
– Vai encontrar um monte: o pessoal é trouxa e compra.
– Me chamou de trouxa?
– Eu? Não!
– Acha que eu sou trouxa porque eu perdi o carro no estacionamento?
– Magina!

– Você acabou de me dizer que isso também já aconteceu com você uma vez.
– Então, não é nada disso... Eu quero te ajudar.
– Peraí...
– O quê?
– Eu acho que eu estou lembrando.
– Que bom.
– Lembrei!
– Que bom!
– Eu não vim de carro.
– Quê?
– Eu vim de táxi.
– Puta que pariu...
– Onde é que fica a saída?

*

Outro dia, tentei pegar um táxi e não consegui: estavam todos em protestos contra o Uber. Tive que pegar um Uber.

*

O bom do Uber é que qualquer um pode ser motorista. O ruim do Uber é que qualquer um pode ser motorista.

*

Não sabia que o passageiro também recebe nota no Uber. Vou tentar pegar menos balinhas da próxima vez.

*

Carlos e Ana estão deitados na cama. Carlos não consegue dormir e acaba acordando a Ana sem querer. Ana acende o abajur e pergunta:

– Que tá acontecendo que você não consegue dormir? Que foi? Problema no escritório?
– Não... Uma coisa aconteceu hoje.
– O quê?
– Fui dar nota pro motorista do Uber e passei o dedo por engano em uma estrelinha só.
– Você não consegue dormir por causa disso?
– Poxa, Ana. O cara foi gentil pra caramba... Tinha balinha, água e tudo o mais. Sintonizou na rádio de notícia. Não puxou conversa comigo... Sabia usar o Waze... Merecia cinco estrelas!
– Acontece... Você se atrapalhou.
– O cara tinha até aquele trofeuzinho de motorista "cinco estrelas". Sabe aquele trofeuzinho do aplicativo que só alguns motoristas têm?
– E daí?
– E daí que a minha nota vai baixar a média dele e ele vai perder o trofeuzinho.
– Não acredito que você não vai conseguir dormir porque um cara do Uber, que você nem sabe o nome, vai perder um trofeuzinho.
– Rogério.
– O quê?
– O nome dele é Rogério.
– Que seja! Mas você nem o conhece! Não sabe nada sobre ele!
– Rogério é casado e tem dois filhos.
– Como é que você sabe?
– Foto do perfil: a família inteira na roda-gigante.
– Amor, por favor, vamos dormir.
– Eu não podia ter prejudicado o cara.
– Bom, se isso for fazer você se sentir melhor, amanhã você pega o telefone, liga pra ele, explica o que aconteceu e pede desculpas, ué. Você se enganou... Pronto!
– Não sei...

– Por quê?
– E se o Rogério for vingativo?
– Amor...
– E se ele for violento?
– Que viagem...
– Eu posso ter destruído o futuro dele, Ana.
– Para com isso.
– Injustamente...
– Se acalme.
– Um sujeito com duas escolas pra pagar. Uma pessoa em desespero.
– Já tomou seu remédio?
– Será que ele toma remédio?
– Chega!
Ana apaga o abajur. O telefone toca...

IDIOTAS FAMILIARES

Aconteceu em janeiro. O pai lê o jornal na sala. O filho chega em casa com uma notícia.
– Pai, entrei na faculdade!
O pai não parece animado.
– Puta que pariu.
– Pai? Passei na faculdade!
O pai balança a cabeça.
– Eu já ouvi. Como é que você pôde fazer isso com a gente?
– Como assim?
– Alguma vez faltou alguma coisa pra você nesta casa? A gente sempre se esforçou pra te dar o melhor. E agora você vem com uma notícia dessas?
O filho não consegue entender a decepção do pai.
– Mas, pai...
– Sua mãe vai ficar muito decepcionada com você. Eu acho que você já sabe disso, né? Você já contou pra ela?
– Não.
– Porque ela não merecia isso. Nem eu! Um menino que teve tudo na infância: educação, a atenção dos pais, o pai e a mãe sempre presentes. É verdade ou não é?
– É...

– Então, por quê?
– Por que o quê?
– Isso!
– Eu achei que o senhor fosse ficar feliz.
– Feliz? Por quê? Porque eu vou ter que tomar dinheiro emprestado de agiota?
– Não, porque eu entrei na faculdade.
– E eu vou entrar no cheque especial. Você já viu o preço da matrícula? Já viu o preço da mensalidade? Você odeia seus pais?
Silêncio entre os dois. O filho se senta ao lado do pai, arrependido.
– Desculpe, pai.
– Tudo bem, eu posso vender um rim. Eu tenho dois. E arrumar outro emprego. Eu tenho um só.
– Foi mal, pai.
– Sua mãe também pode vender um rim. E trabalhar em dois turnos. Até três, com aquela força no quadril que ela tem.
O filho se sente cada vez mais culpado.
– Não, pai...
– Eu posso virar síndico do nosso prédio. Quem sabe eles abonam o condomínio.
– Não, pai. Deixa pra lá.
– Sua mãe pode tentar se desfazer de umas roupas, uns sapatos. Pra que, não é verdade? A gente não vai sair mais.
– Esqueça, pai. Por favor.
– Acabou jantarzinho. Acabou cineminha. Sair com que dinheiro, agora que vai tudo pra pagar seu curso? Melhor ficar em casa, escondido do agiota.
– Eu não sei onde é que eu tava com a cabeça.
– Eu sei. Nessa porra desses livros! Fica estudando dia e noite pra foder com o seu pai.
– Não, pai!
– Pensa que eu não vejo o seu esforço em me ver arruinado? Todo dia

trancado no seu quarto estudando pra entrar nessa porra dessa faculdade.
– Não é isso, pai. Eu juro.
– Pensa que eu não percebo? A gente vai dormir e a luz do seu quarto continua acesa. Fazendo o quê? Jogando a porra do videogame que eu comprei pra você é que não é. Tá estudando matemática, regra de português, fórmula de química e o cacete.
– Me perdoe, pai.
– Eu não sei quem é pior. Você ou a Suzane Richthofen.

*

Um jovem casal compra uma cachorrinha. O rapaz pergunta para a mulher:
– Que nome a gente dá pra ela?
– Maria.
– Maria é o nome da minha mãe.
– Paula.
– Paula é o segundo nome da minha mãe.
– Mas assim fica difícil. Todo nome que eu sugiro você não gosta.
– Evidente que não. Quer pôr o nome da minha mãe numa cadela?!
– Você acha que ela vai ficar brava?
– Brava? Minha mãe não ia falar comigo nunca mais.
– Não! A cadela!
Nada como um animalzinho para unir a família.

*

Férias são sempre duas alegrias: quando chegam e quando voltam as aulas.

*

Chegou a primeira mensalidade da faculdade de medicina da minha filha. Vou ser seu primeiro paciente.

IDIOTAS CINEMATOGRÁFICOS

Uma vez assisti à gravação de um filme pornô. O diretor gritava "Luz! Câmera! Ereção!".

*

Você já imaginou a responsabilidade do Super-Homem na hora do sexo? Se um simples mortal muitas vezes o sexo coloca à prova, imagine quem tem que manter a reputação de um super-herói.
O Super-Homem está na cama com uma garota. Eles acabaram de transar.
– E aí?
– É... Foi mais rápido que uma bala, né, Super-Homem?
– Mas foi bom?
– Veja, você é o Super-Homem. Minha expectativa era alta. Sempre ouvi dizer que com sua força sobre-humana você é capaz de levantar qualquer coisa.
– Eu sou!
– Se é que você me entende...
– Eu sou o grande super-herói das histórias de super-heróis. Ninguém tem poderes maiores que os meus.
– Meu Deus, agora entendo por que a Mulher Maravilha é gay.

– A Mulher Maravilha é gay?
– Não, eu que sou. Pra que serve a sua visão de Raio-X?
– Você é gay?
– Eu estou dando pra um Superman português? Essa é a tal da superinteligência, os superpoderes mentais? Você tropeçou em alguma criptonita antes de subir na cama?
– Por quê?
– Você estava sem superfôlego. Cadê aquele cara que consegue manter o fôlego por horas para viajar no vácuo do espaço e embaixo da água?
– Eu ouvi você gostando.
– Ah, então você precisa ir ao médico checar sua superaudição, que está falhando.
– Ahn?
– Nem parecia aquele cara que consegue usar os pulmões para soprar na velocidade de um furacão.
– Chega, eu vou vestir a minha capa e dar o fora. A cidade pode estar em perigo.
– Se for incêndio, deixa pra lá, porque você não é bom de apagar fogo.
– Onde eu deixei minha capa?
– Você está com ela, imbecil.

*

Nas telas, ele voa como um pássaro livre. Mas, na vida real, o Super-Homem tem um chefe. E, naquele dia, o chefe mandou chamá-lo. O Super-Homem entra na sala:
– O senhor me chamou, chefe?
– Chamei, sim. Por favor, sente-se aqui, Super-Homem.
– Pois não.

– Eu vou ser direto. Não vai dar mais para você ser o Super-Homem.
– Como assim?
– Você tem boa aparência, voa bem, chega no horário, mas...
– Mas o quê?
– Demora muito pra se trocar.
– Eu estou sendo demitido?
– Você lembra quando foi contratado? Uma das habilidades exigidas era a capacidade de se trocar numa cabine telefônica em segundos.
– Mas...
– E não em meia hora!
– Ah, então vocês me compram um colã dois números menor e agora eu é que demoro pra pôr?
– É o seu número.
– Então, quem foi que colocou na secadora? Porque encolheu... Tá pegando no cavalo.
– Ahn?
– E essa capa? Vocês me deram uma capa que só prende por trás. Eu tenho supervisão, não olho no cu.
– Calma...
– E quem foi que teve essa ideia idiota de colocar a cueca por cima da calça?
– Todos os super-heróis colocam a cueca por cima da calça.
– Mas eles não se trocam em uma cabine telefônica!
– Desculpe, precisamos de alguém que fique pronto mais rápido.
– Aliás, outra ideia estúpida: ter que se trocar em uma cabine telefônica. Metade do tempo só atendendo ligação que é engano. E tem mais, vê se pode... Ter que ficar perdendo tempo passando gel no cabelo. Enquanto isso, o BOPE já chegou ao local do crime e tá descendo o pipoco nos vagabundos...
Luke Skywalker diz para Darth Vader:

– Então você tem certeza mesmo que é meu pai?
– Claro que sim.
– Será que você não disse aquela frase no filme, "Você não pode me matar porque eu sou seu pai", só pra aumentar o clímax da história?
– Não. Eu sou seu pai.
– É que é estranho...
– O que é estranho?
– Eu sou do bem, você é do mal. Você é preto, eu sou branco.
– Eu sou adotado?
– Se eu sou do mal, por que adotaria uma criança?
– Quero o teste de DNA.
– Bora mudar de assunto. Quem vai ganhar uma espada nova no Dia da Criança? Hein? Hein?
– Eu preciso ter certeza.
– Tem ido à terapia?
– Me dá uma amostra do seu cabelo.
Luke pensa melhor e diz:
– Não foi uma boa ideia: você não tem cabelo. Unha?
Luke pensa melhor e diz:
– Também não foi uma boa ideia: você não tem unha.
– Eu sei o que tá acontecendo.
– O quê?
– O Dia dos Pais está chegando e você não quer gastar dinheiro com presente.
– Não é isso.
– É sim.
– Não é.
– É sim.
– Tá bom! É.
– Eu sabia.
– Os preços subiram.
– Eu sabia.

– E a renda diminuiu.
– Eu sabia.
– Nada do que o ministro da Fazenda planejou está acontecendo.
– Eu nunca acreditei nele como ministro.
– O dinheiro desapareceu.
– Você sempre foi pão-duro.
– Como é que você sabe?
– Porque eu sou seu pai!
– Nãooooooooooooooooo!

*

"Espelho, espelho meu. Existe alguém mais bela do que eu?". Já imaginou se o espelho fosse realmente sincero na resposta? Já pensou se ele respondesse mesmo na real?
A rainha perguntaria ao espelho:
– Espelho, espelho meu, existe alguém mais bonita do que eu?
Só que, dessa vez, o espelho engasgaria um pouquinho antes de responder:
– Não, dona rainha.
– Fale a verdade.
– Veja bem...
– Responda!
– Eu acho que toda rainha tem seu potencial.
– Não fuja da pergunta! Tem alguém na bosta desta história mais formosa do que eu?
– Tá bom... A senhora quer em ordem alfabética?
– Ahn?
– Tem a Amanda, aquela servinha da gleba, que é mais gata e mais gostosa que a senhora. Tem a Bruna, capitã do time de vôlei das camponesas, que também é mais ajeitadinha. Tem a Cibele, que escova os dentes dos cavalos e que também dá de dez na senhora...

A senhora quer que eu responda na sinceridade, não quer?
– Quero.
– A Duda, aquela safadinha do clero, também é mais bacana. A Hermínia, rainha do reino vizinho burguês, é bem mais pegável. A Germânia, que troca as fraldas do rei, deixa a senhora no chinelo. Tem a cozinheira nova dos vassalos... Como é mesmo o nome dela?
– A Ingrid?
– Isso... Ingrid... Carinha de fada e uma bunda malvada... Tem também a Fabíola, mulher do chefe dos estivadores, mas não conta pra ele que eu falei... A Josi, que faz massagem com *happy ending* na galera. A Ludmila, a Lurdes, a Maraela, a Nanci, a Paola, a Roberta, a Simara, a Tânia, a Valquíria, a Vânia, a Zilda...
– Quem é Zilda?
– Gerente de TI.
– Não conheço.
– E tem o caçador.
– Mas o caçador é homem.
– Pois é.

*

– Espelho, espelho meu...
– De novo essa merda?
– Que foi? Não posso perguntar mais nada? Pra que serve um espelho, então?
– Para refletir, dona rainha. No seu caso, para a senhora refletir sobre a sua falta de beleza e ir correndo comprar um pacote de cremes da Lancôme.
A rainha ameaça:
– Você não tem medo de eu te quebrar, não?
– Quebrar vidro, dona rainha? Sete anos de azar. Uma mulher desprovida de beleza como a senhora precisa da sorte.

– Esquece. Quer saber? Não me interessa a sua opinião. Eu sou capaz de me valorizar sozinha.
– É isso aí, dona rainha. Vejo que a senhora anda lendo a revista *Nova*.
– Uma mulher só precisa dela mesma para se sentir bonita.
– Muito bem, dona rainha. Livro de autoajuda também é bom.
– Abaixo a ditadura da beleza.
– Excelente, dona rainha. Vejo a senhora na propaganda de Dove.
– Onde fica a Lancôme?

*

Última sobre espelho. Prometo!
– Espelho, espelho meu, existe alguém mais bonita do que eu?
– Já comi melhores.

*

A equipe se prepara para gravar um esquete. Nós vemos dois atores, uma mulher e um homem, em um escritório.
Diretora: Vamos lá... Câmera? Áudio? Take um... "Jairo e Carol"... Valendo... Açãoooo!
A diretora sai, os atores começam a gravar a cena.
Atriz: Jairo?
Ator: Oi, Carol.
Atriz: Eu acho que o Gabriel sabe que a gente tá transando.
Ator: A Lesli também desconfia.
A diretora volta.
Diretora: Cortaaaa! Som de avião.
Ela aponta para cima, todos esperam.
Diretora: Vamos lá... Espera o avião... Espera... Prepara... Podemos?
Ela olha para a equipe.

Diretora: Câmera? Áudio? Take dois... "Jairo e Carol"... Ação!
A diretora sai de plano mais uma vez. Os atores começam novamente a cena.
Atriz: Jairo?
Ator: Oi, Carol.
Atriz: Eu acho que o Gabriel sabe que a gente...
A diretora volta.
Diretora: Cortaaaa! Carro passando na rua. E vibrou o celular de alguém. Espera o carro passar...
Todo mundo esperando.
Diretora: Pessoal, eu não quero ninguém com celular ou vibrador, consolo ligado no set... Prepara... Vamos lá... Câmera? Som? Take três... "Jairo e Carol"... Açãoooo!
A diretora sai, os atores retomam suas posições. E começam a cena.
Atriz: Jairo?
Ator: Oi, Carol.
Atriz: Eu acho que o Gabriel sabe...
Entra a diretora.
Diretora: Cortaaaa! Som de velhinho engasgando com a sopa... Não dá... Vai vazar no áudio. Turma! Esperem o velhinho acabar de engasgar... Vamos lá... Parou... Esperem a ambulância chegar... Podemos? Câmera? Som? Take quatro... "Jairo e Carol"... Ação!
Os atores começam a cena mais uma vez.
Atriz: Jairo?
Ator: Oi, Carol.
Volta a diretora.
Diretora: Cortaaaaaa! Quem peidou?

*

Os zumbis estão mais perto do que você imagina. Eles estão nas ruas, na sua casa, no seu trabalho e em lugares em que

você não espera. Não adianta tentar fugir. Talvez você seja um deles. Um grupo de zumbis caminha pela rua e eles conversam entre si.
– Conta: como é que você veio parar aqui?
– Eu sou de uma cooperativa de táxis. Surgiu o Easy Taxi, veio o 99, lançaram o Uber. Virei um morto-vivo. E você?
– Eu trabalho em uma empresa de TV a cabo. A Netflix tá fazendo a gente morrer aos pouquinhos. Pensa: por que alguém vai pagar filme se pode pagar 20 reais por mês e assistir ao que quiser?
Outro zumbi se manifesta:
– Netflix? Eu sou da Netflix!
– Tá fazendo o que aqui, então?
– Você não viu? Lançaram o Amazon Prime.
Um quarto zumbi fala para todos:
– Pessoal, deixa eu me apresentar. Eu sou de uma operadora de telefonia móvel.
– Ih, o WhatsApp não tá matando vocês? Em vez de fazer ligação, hoje em dia o pessoal só manda mensagem... É grátis...
– Eu sei. Por isso eu tô aqui. Com bodum de rato podre.
E você pensando que zumbis não falam.

*

Toda boa série tem zumbis: gente que não consegue parar de assistir.

IDIOTAS DO INTERVALO

A internet mudou a propaganda: um comercial que era chato em 30 segundos agora é chato em 3 minutos.

*

O que adianta comprar uma dessas cadeiras massageadoras caríssimas da Polishop e ficar tenso com as prestações?

*

Está na hora de comprar ação da Petrobras? Pergunta lá no Posto Ipiranga.

*

Depois de uma noite de bebedeira, o sujeito acorda na cama ao lado de uma mulher: a sua.
– Onde eu tô?
– Como assim?
– Que lugar é este?
– Sua casa! Tá de ressaca ou amnésia?

– Quem é você?
– Como, quem sou eu, Artur?!
– Ai, fala baixo... minha cabeça tá explodindo...
– Eu avisei. Mas você não escuta sua mulher...
– Minha mulher?
– Eu nunca tinha visto você beber tanto como bebeu ontem, em dez anos de casados.
– Casados?
– O quê?
– Eu e você? Casados? Ai, meu Deus... eu devo ter bebido muito mesmo!
– Engraçadinho.
– Eu devo ter misturado destilado e fermentado.
– Rá, rá, rá.
– Não, é sério! Quanto eu bebi?
– Eu nem sei, porque uma hora eu tive que levar as crianças embora. Elas ficaram assustadas.
– Que crianças?
– Seus filhos!
– Filhos? Eu tenho filhos? Caralho! Tá vendo? É só eu beber que faço cagada!
– Vai, chega! É melhor você se arrumar e ir trabalhar antes que o pessoal da agência comece a ligar.
– Que agência?
– A agência em que você trabalha.
– Agência do quê?
– De propaganda.
– Eu trabalho numa agência de propaganda?
A mulher fica parada olhando para ele. Ele leva as mãos à cabeça:
– Puta que pariu... Que vergonha! Como eu pude fazer tanta merda?

Um rapaz encontra a amiga no caixa eletrônico do banco.
– Ana Rafaela?
– Luiz Renato!
– E aí? O que você tá fazendo aqui?
– Sacando dinheiro no caixa rápido e prático do meu banco, que foi feito para facilitar minha vida a qualquer hora do dia, onde quer que eu esteja.
– Estranho. Você tá meio...
– Você já conhece as facilidades do meu banco?
– ... artificial.
– Quer conhecer?
– Tá parecendo merchandising de novela.
– Com esse banco, você nunca está sozinho.
– Pensando bem, Ana Rafaela é mesmo nome de personagem de novela...
– Porque esse banco está sempre pensando em você.
– E Luiz Renato também! Ai, meu Deus! Nós somos personagens de novela?
– Calma... Espere um pouquinho...
– O quê?
– Estão entrando os comerciais.

*

O comercial se passa em uma praia, num dia de sol.
A mulher pergunta ao sorveteiro:
– Tem Sundown?
– Não, aqui é só sorvete.
– Mas você fica andando aí o dia inteiro e não tem Sundown?
– Não.
– Então deixe-me comprar um sorvete pra te ajudar no tratamento de câncer de pele.

Entram cenas do produto e o comercial termina com uma trilha bem animadinha.

*

Quando eu vejo o slogan do Burger King, "Grelhando desde 1954", fico imaginando como a carne deve estar dura.

*

Eu juro que não entendo essa quantidade toda de propaganda de banco de investimentos na TV. Sobrou para alguém algum dinheiro para investir?

*

A Black Friday não é perto do Natal à toa: é para quem acredita em Papai Noel.

IDIOTAS DE CORPO E ALMA

Se você for chata, suas amigas perdoam. Se você for brava, suas amigas perdoam. Agora, experimente ser magra.

*

Malho por dois motivos: 1) Meu corpo é minha casa. 2) De vez em quando vem visita.

*

A única coisa que emagrece em janeiro é o jornal.

*

Sem roupa, eu pareço uma estátua renascentista. Mas só da cintura para baixo.

*

Se caminhar ajuda a perder peso, por que o carteiro tem barriga?

*

Uma hora pode pão. Outra hora não pode. Quer saber? Fica com o pão.

Eu era ateu. Mas tinha poucos feriados.

*

Os suicidas religiosos só vão parar com os atentados no dia em que um deles voltar da morte contando que não há virgens esperando.

*

A melhor maneira de comemorar um feriado religioso é pegar a Dutra: você vai rezando o caminho inteiro.

*

Encontrei meu próprio eu. Ele fingiu que não me viu.

*

O sonho de Edu era conversar com um desses sábios gurus que vivem dentro de uma gruta.
Um dia ele foi.
– Mestre?
– Sim, filho.
– Qual é o segredo para uma vida longa, bela e feliz?
– O maior segredo e mais precioso é cultivar as amizades.
– E como devo cultivar as amizades, sábio guru?
– Vai perguntar para mim, que moro sozinho numa gruta?

*

Já reparou que todo mundo foi alguém mais interessante em outra vida? É por isso que é tão difícil acreditar em outra vida.

Morreu. Mas não foi nada grave.
Otimismo: "Viveu uma vida boa". Pessimismo: "Morreu".

*

Escritores, quando morrem, vivem em seus textos. Músicos, quando morrem, vivem em suas músicas. Tenho dó dos urologistas.

*

Sérgio e Amanda estão tomando o café da manhã juntos. Como sempre fizeram nos últimos quinze anos. Sérgio lê o jornal. Amanda passa requeijão na torrada.
– Amanda!
– Que foi, Sérgio?
– Meu nome está na seção de obituário do jornal.
– Cadê? Deixe-me ver... Escreveram certo?
– Ahn? Como assim?
– Fui eu que mandei colocar. "Família e amigos lamentam a morte de Sérgio Augusto Ignácio".
Ela pega o jornal da mão dele, confere e diz:
– Saiu certo. Nunca na vida alguém tinha acertado o "g" entre o "i" e o "n" do seu nome. Acertaram na morte. Que ironia...
– Que brincadeira é essa, Amanda?
– Você morreu, Sérgio.
– Quê?
– Eu avisei. Você quis comer feijoada à noite e transar depois. Engasgou com o porco. Eu tentei tirar o porco da sua boca, mas só saiu o feijão... Aí você perdeu o ar e, quando os bombeiros chegaram, já estava sufocado. Não lembra?
– Não!

– Calma, é normal negar a morte. Existe até um livro com esse nome: *A negação da morte*.
– Eu morri?
– Morreu.
– Mas, se eu morri, como é que você está falando comigo?
– Eu sou médium, esqueceu?
– Eu achei que aquele negócio de ver fantasmas era só uma desculpa para ficar com a minha parte do cobertor.
– Não, Sérgio. Eu vejo fantasmas. Fiz o curso. Você é um fantasma.
– Meu Deus...
– Agora vai querer acreditar Nele?
– Onde vai ser o velório?
– O endereço está no anúncio.
– Onde vai ser o enterro?
– Não se preocupe, você vai estar lá.
– É só notícia ruim no jornal. Se não é ministro libertando bandido, é o meu próprio obituário. Quer saber? Aproveite que eu morri e cancele essa assinatura.
– Eu gosto do horóscopo.
– Pra que serve horóscopo? Ele avisou que eu ir morrer?
– E tem os horários de cinema.
– Me fala uma coisa...
– O quê?
– Foi bom pra você, pelo menos?
– O quê?
– A transada.
– Sérgio, o que isso importa neste momento?
– Eu quero saber.
– Por quê?
– Eu dei a vida por essa transada.
– Mais ou menos.
– Como assim?

– Depois de quatro caipirinhas... Você já estava meio sem vida.
Sérgio muda de assunto.
– Quanto custou esse anúncio?
– Uma grana. Eu não sabia que era tão caro.
– Devia ter feito na internet.
– Da próxima vez...
– Como assim, da próxima vez? Eu já morri.
– Eu penso em casar de novo. Vai que eu fico viúva outra vez. Nunca se sabe.
– Já?
– Eu sou jovem.
– Amanda, a tinta do obituário no jornal ainda está fresca.
– Eu sei, mas amanhã o cachorro já vai fazer xixi em cima dele. A vida é assim.
– Eu nem fui enterrado ainda.
– É que eu não levo jeito para ser viúva. Eu nunca fui viúva.
– Eu também nunca fui morto. É a primeira vez.
– Você quer que eu fique sozinha para sempre? É isso que você quer?
– Você é médium. Vai sempre me ver.
Pausa.
– Amanda, você avisou o Gustavo?
– Avisei, Sérgio.
– Avisou o Nando?
– Sim, Sérgio.
– O Beto?
– Eu avisei todos os seus amigos, pode ficar tranquilo.
– Como é que eu posso ficar tranquilo se estou morto?
– Quando a gente morre, fica em paz.
– Pois eu estou em pânico!
– Você vai encontrar a luz.
– Com a conta da Eletropaulo do jeito que está, prefiro nem

encontrar.
– Olha aí que bom!
– O quê?
– Você não perdeu o senso de humor.
– Mas perdi a vida. O que adianta ter senso de humor sem vida?
– Você vai viver nas suas piadas.
– Preferia viver na Terra mesmo.
– O que você vai querer que eu mande escrever na sua lápide? Não precisa responder agora, pode pensar.
– Isso aí eu tenho pronto.
– Tem?
– "Avisa em casa que eu vou demorar".

IDIOTAS DE MESA

A culinária francesa é conhecida por grandes pratos. Mas não no sentido literal.
Um chef francês entrega um prato vazio para o garçom levar para o cliente:
– Este é um dos mais *magnifiques prratos da culinárria frrancesa*.
– Mas chef...
– *Oui?*
– O prato está vazio.
– *Non... Culinárria frrancesa... Tradition... As porrçons son petit...*
– São o quê?
– Pequenas.
– É que... não tem nada no prato.
– *Como non? Arrte.*
– Não posso levar isso pro cliente.
– *Pourquoi? Formidable.*
– Vai dar merda.
– *Merde? Non...*
– O cliente vai sair daqui com fome.
– *Prrato prremiado! Fils de pute!*
Sem mais argumentos, o garçom deixa a cena levando o prato vazio.

O namorado e a namorada estão sentados a uma mesa no restaurante. Chega um homem e interrompe a conversa.
Homem: Oi, tudo bem?
Namorado: Oi.
Homem: Desculpe, é que eu tava ali no banheiro, no mictório... Eu notei que o senhor saiu sem lavar a mão.
Namorado: Como?
Homem: O senhor fez xixi, balançou o pipi, fechou o zíper e saiu sem lavar a mão.
Namorada (para o namorado): É verdade?
Namorado (para o homem): Meu amigo, eu te conheço?
Homem: Não, mas eu não quero me apresentar. Vai que o senhor cisma de apertar minha mão.
Namorado: Olha, eu vou pedir para você não me incomodar, viu? Eu quero almoçar.
Homem: Micróbios?
Namorado: Quê?
Homem: É que, no caso, o senhor vai almoçar micróbios. Da sua mão. Quer dizer, do seu pipi.
Namorada: Que nojo, amor!
Namorado (para o homem): Olha, você já está me irritando... É melhor você sair daqui ou...
Homem: Ou o quê?
Namorado: Eu vou enfiar a mão na sua cara.
Homem: Pode ser a esquerda?
Namorado: Quê?
Homem: É que a sua direita está infectada.
Namorada: Todos os passeios de mãos dadas...
Namorado: Meu amigo, qual é a sua motivação, hein? Por que você está fazendo isso?
Homem: O senhor já pensou em álcool gel como alternativa?
Namorado: Quer fazer o favor de sair daqui?

Namorada: Ai, meu Deus! Aquele dia em que cumprimentou meu pai...
Homem: Ou lencinhos umedecidos?
Namorado: Cadê o *maître*, hein? Eu vou chamar o *maître*.
Homem: Boa ideia. Talvez ele possa trazer uma toalhinha molhada, quente.
Namorada: O dia em que você ajudou a minha avó a atravessar a rua...
Homem: Ah, não, esqueci, não vai dar: é só em restaurante japonês.
Namorado: Chega! Não lavei a mão mesmo. E daí? A mão é minha, o pinto é meu, o micróbio é meu. Agora sai daqui, seu verme!
Homem: Eu? Verme?
Namorado: Vá se...
Homem: Ah, a boca é suja também.
Namorado: Puta que pariu, que mala. Se eu for lavar a mão, você desaparece daqui? Me deixa em paz?
Homem: Sim.
Namorado: Negócio fechado?
Homem: Sim.
Ele estica a mão para fazer o trato. O homem pula para trás.

*

Eu não entendo por que as pessoas perguntam ao garçom se o prato é bom. Ele precisa do emprego.
Um casal à mesa olha o mesmo menu. Eles fazem sinal para o garçom. O garçom vem até a mesa, muito cordial e educado.
Garçom: Pois não?
Homem: Esse prato aqui...
O homem aponta no cardápio. O garçom se aproxima para olhar.
Garçom: O cordeiro?
Mulher: Isso. Ele é bom?

Garçom: Ele vem com um pequeno toque de limão no molho e é acompanhado de cuscuz marroquino.
Mulher: Não, eu sei… Tá escrito... Mas é bom?
O garçom fica olhando para o casal. Pausa.
Garçom: Eu trabalho aqui…
Homem: Sim.
Garçom: O que vocês esperam que eu responda?
Homem: A gente só queria saber se é bom.
Garçom: Supondo que não seja bom, eu ia dizer "é uma merda"?
Mulher: Ahn?
Garçom: "Não peça o cordeiro se não quiser ver Jesus?".
Mulher: Como?
Garçom: Eu não entendo essas pessoas que perguntam ao garçom se o prato é bom. O garçom precisa do emprego!
Homem: Tá bom… Tudo bem, esquece… Esse peixe aqui... (aponta no cardápio) Tá fresquinho?
Garçom: Não, tá estragado.
Homem: Ahn?
Garçom: Ele chegou há 47 dias e a gente esqueceu fora da geladeira.
Mulher: Quê?
Garçom: Eu sou o garçom do restaurante, gente. O que vocês esperam que eu responda a não ser "sim, ele chegou hoje"?
Mulher: Chegou hoje?
Garçom: A senhora não está me acompanhando.
Homem: Esquece… Deixa pra lá… Será que você chamaria o gerente pra gente?
Garçom: Claro, um minuto.
O garçom vai embora. Vem o gerente, muito educado.
Gerente: Boa tarde. Em que posso ajudá-los?
Homem: Boa tarde. A gente tá aqui em dúvida entre dois pratos e queria uma sugestão. Pode ser?
Mulher: Isso… O que é melhor aqui do cardápio, o cordeiro ou o peixe?

Gerente: Nunca comi nenhum dos dois.
Homem: Sim, mas qual o senhor recomenda?
Gerente: Como é que eu posso recomendar sem ter comido?
Mulher: O senhor não é o gerente?
Gerente: Sou.
Homem: Nunca provou os pratos?
Gerente: O senhor já viu os preços? Eu sou o gerente, não sou o dono do restaurante...
Homem: Isso! Boa! Chama o dono do restaurante pra gente?
Gerente: Pois não, com licença.
O gerente sai. O dono do restaurante vai até a mesa, muito gentil.
Dono do restaurante: Boa noite. Algum problema?
Homem: Não... Tá tudo certo... Primeira vez no restaurante... A gente só tá tentando escolher um prato e queria uma orientação...
Mulher: É...
Homem: Entre o cordeiro e o peixe aqui do seu cardápio...
Dono do restaurante: Sim?
Homem: Qual o senhor recomenda?
Dono do restaurante: Os dois são bons... Mas eu sou suspeito...
Mulher: Sim, mas qual o senhor escolheria?
Dono do restaurante: A senhora tem filhos?
Homem: Como?
A mulher não entende muito bem a pergunta, mas responde:
Mulher: Sim, dois.
Dono do restaurante: Se a senhora tivesse que escolher um deles para salvar de um naufrágio, qual escolheria?
O homem fecha o cardápio.
Homem: Vamos embora deste restaurante.
Dono do restaurante: O mar está cheio de tubarões, o navio está afundando...
A mulher tira o guardanapo do colo e se levanta.
Mulher: Demorou!

Dono do restaurante: Os dois filhinhos ficam gritando: "Mamãe, mamãe, me salva! Por favor, eu não quero morrer! Eu ainda quero te dar netinhos!".
O homem também se levanta. O casal vai saindo...
Homem: Vai tomar no seu cu!
Mulher: Filho da puta desgraçado...
Dono do restaurante: Calma, gente... Calma... Metáfora...

*

Nenhuma bomba é mais poderosa contra os americanos do que o seu próprio café da manhã.

IDIOTAS COM MILHAGEM

Homem liga para a Central de Atendimento do seu programa de milhagem.
Telefonista atende a ligação:
– Pontos de fidelidade, boa tarde!
– Alô, boa tarde. Eu tô ligando porque aconteceu uma coisa estranha com os meus pontos...
– Pois não, senhor.
– Eu consultei o site, que está dizendo que não tenho mais pontos. É impossível. Eu estou juntando pontos há três anos.
– Ah, senhor. Nesse caso, o que ocorre é que os seus pontos expiraram.
– Quê?
– Os pontos expiram a cada dois anos, senhor.
– Como assim? Eu nunca soube disso.
– Ah, já vi que o senhor não leu os asteriscos, né?
– Que asteriscos?
– Lá embaixo, no site.
– Estou com o site aberto aqui na minha frente e não estou vendo.
– Bem embaixo. Pequenininho.
– Não enxergo.
– Chega mais perto da tela.
– Já cheguei. Cadê?

– Aumenta a iluminação.
– Pronto, já aumentei.
– Está vendo agora?
– Não.
– O senhor usa óculos? Está com eles?
– Sim!
– Ih, senhor, nesse caso o senhor vai ter que comprar uma tela maior de computador ou trocar de óculos. Nos dois casos não tem pontos...

*

Mulher liga para trocar seus pontos de fidelidade por uma viagem.
– Bom dia.
– Bom dia. Em que posso ajudar?
– Eu gostaria de trocar meus pontos para viajar.
– Pois não. Qual seria a data da viagem? Qual destino?
– Seria para o dia 24 de novembro, para Tampa, na Flórida. Por gentileza.
– Ok, estou vendo aqui no sistema... Dia 24 de novembro... Eu não tenho assento disponível, senhora.
– Não?
– Me desculpe.
– Poxa vida. O casamento da minha filha é no dia 26. Desde que ela se mudou para os Estados Unidos eu não a vejo.
– Entendo.
– Ainda não conheço o noivo.
– É complicado.
– Ai, só se eu tentar um dia antes. Peço um dia pro meu chefe. Eu nunca faltei, acho que ele não vai se importar. Dia vinte e três, você tem?
– Deixe-me ver aqui... Um minuto, por gentileza... Não tenho assento disponível nesse dia, senhora.

– Vinte e três também não tem? Ah, meu Deus...
– Desculpe, senhora.
– Só se eu for na véspera, então.
– Seria então para o dia 25 de novembro?
– Isso. Vai ser meio corrido, eu vou chegar em cima da hora do casamento. Mas não passo no hotel. Vou direto com a roupa. Tomara que o vestido não amasse.
– Dia 25... Dia 25... Vamos ver aqui... Infelizmente não há assento disponível. Se a senhora me permite, o noivo...
– O que tem o noivo?
– A senhora disse que não o conhece. A senhora sente que ela gosta dele?
– Por que o senhor está me perguntando isso?
– Não, porque hoje em dia a senhora sabe como é que é casamento. O pessoal gasta em festa, presente, depois o casal se separa. E eu estou vendo aqui que a senhora demorou dez anos pra juntar esses pontos.
– Mas é minha filha! Cheque aí uma semana antes, todas as datas... Eu peço pro meu chefe, largo meu emprego, mas eu não posso perder o casamento da minha filha.
– Claro. A senhora me desculpe a intromissão. Checo agora mesmo. Dia 22 de novembro funcionaria pra senhora?
– Ótimo!
– Que pena, não tenho assento disponível.
– E 21? 19? 18? 17?
– Vinte e um? Deixe-me olhar aqui: não tenho nenhum assento disponível. Calma, vamos ver o dia dezenove. Não tenho nenhum assento disponível. Dezoito também não. Dezessete? Olha a coincidência: também não.
– Mas não é possível: eu tô ligando nove meses antes! Quer dizer: se estivesse nascendo o primeiro filho dela, eu também não iria ver.
– Mas a senhora nem conhece o noivo e já tá pensando em neto?

– Eu não posso perder o casamento da minha filha.
– A senhora me permite uma sugestão? E se ela mudasse a data do casamento?
– Que é isso? Magina!
– Pense: além de a senhora conseguir usar os pontos, não gastar com a passagem, seria uma boa forma de ter certeza de que esse casal vai vingar mesmo.
– Como?
– Eu tenho exemplo na família.
– Não. Todos esses anos sem vê-la. Eu não posso pedir isso para ela.
– Por quê? Um pedido de mãe é proibido? Se a minha mãe me fizesse um pedido assim, eu certamente entenderia. É que ela não vai pedir porque já morreu.
– Meus sentimentos.
– Obrigado. Bebia.
– Não sei. Para quando você teria?
– Eu já vejo aqui no sistema e a gente resolve isso em um minuto. Eu estou aqui para ajudar. Vamos aproveitar que o computador não está lento. Eu roubei memória do meu vizinho de baia, mas ele não sabe.
– Obrigada.
– Magina. Vamos lá... Vamos lá... Vamos lá... Olha aqui! Não falei? Eu tenho assento para 13 de dezembro. Cai numa sexta-feira. Olha que ótimo: a senhora não vai nem precisar faltar no trabalho.
– E não é muito longe da data que ela havia planejado, né? Ué, mas eu tô olhando no calendário, dia 13 de dezembro cai numa quarta-feira, e não na sexta. O que não é problema, porque eu posso pedir para o meu chefe me liberar dois dias do trabalho, afinal é o casamento da minha filha...
– Não, a senhora nem vai precisar pedir isso.
– Não?
– É 13 de dezembro de 2021.

Trump liga para a Central de Atendimento do seu programa de pontos de fidelidade.
– Eu querer saber quantos pontos de fidelidade precisar para trocar por quatro mísseis e dezessete submarinos.
– Pois não. O nome do senhor?
– Minha nome é Donald. Trump.
– Pois não, senhor Donald. Estou acessando o sistema. Sistema lento, só um pouquinho de paciência... Pronto! Vejo aqui que, infelizmente, o senhor não pode trocar seus pontos de fidelidade por mísseis nem por submarinos.
– Por quê?
– O senhor pode trocar por uma batedeira: também faz barulho.
– What?
– Ou por um aparelho de som. Que tal? O senhor taca uma Anitta bem alto: é bomba de efeito moral.
– Isso é uma absurda.
– Absurdo, o senhor quis dizer.
– Meu amiga, eu precisar mandar essas mísseis para a Coreia do Norte.
– Desculpe, é amigo. Meu nome é Elimar.
– Fuck you!
– Calma, senhor Donald. O senhor está ficando um pouco explosivo, mesmo sem mísseis.
– Você não entender. Eu poder explodir essa bosta de programa de fidelidade! Eu poder explodir a planeta!
– O senhor não quer um brinquedinho da Ri Happy que faz barulho?
– Not Happy!
– Entra no nosso site... Tem tanta coisa interessante...
– Você saber quem eu sou?
– Claro que sim. O Donald. Eu adorava o seu desenho.
– Não, sua besta!

– McDonald(s)?
– Eu ser a presidente do United States of America!
– Finalmente ganhou uma mulher?
– Não! Eu ganhar as eleições! Esse gente da Terceiro Mundo é muito burra mesmo.
– Ah, o senhor que erra o artigo e a gente que é burro?
– Troca o porra das minhas pontos por mísseis!
– Senhor Donald, eu estou vendo aqui... com os pontos que o senhor tem acumulados, dá para o senhor fazer uma viagem para a Coreia do Norte. Não é melhor? Assim, o senhor bate um papo, conversa, de repente não precisa nem de míssil.
– Eu querer sua nome completo. Now!
– Dá pra ganhar pontos pagando o NOW com cartão. Sim! Olha aí, o senhor tá começando a entender o programa.
– Sua nome completo!
– É Elimar Silva.
– Right. Senhor Elimar Santos, a CIA vai entrar em contato com você.
Ele bate o telefone na cara do atendente.
Atendente:
– Tudo bem. Eu menti pra ele. Eu odiava o desenho.

*

O rapaz chega na garota sozinha na balada, aparentemente entediada, com uma pinta de quem já levou muita cantada ruim naquela festa.
– Oi, tudo bem?
– Tudo.
– Você vem sempre aqui?
– Ah, não.
– O quê?

– Não tem alguma coisa mais inteligente pra me dizer, não?
– Por quê?
– Deus do céu! Será que não tem homem inteligente neste mundo?
O sujeito fica quieto, olhando para a garota. E, de repente, tem uma ideia: aproxima o pescoço do nariz dela.
– Tá vendo este perfume aqui? Comprei num site parceiro do meu programa de fidelidade: ganhei 20 pontos para cada real. Ou seja, o perfume custou 100 reais, eu ganhei 2.000 pontos. Certo?
– Certo.
– Errado. Como eu paguei com um cartão de crédito que também é cadastrado no mesmo programa de fidelidade, eu ganhei mais 3 pontos para cada real: ou seja, 300 pontos. Tá me acompanhando?
– Sim.
– Aí, você soma esses 2.000 pontos do perfume com os 300 pontos do cartão, dá 2.300 pontos.
Garota parada, olhando para o cara, achando ele muito inteligente.
– Bora logo pra sua casa!

*

Namorada encontra namorado no supermercado com o carrinho cheio de garrafas de vinho.
– Armando?
– Vera?
– Ah, você diz que não tem dinheiro para casar e está aí comprando vinho?
– Mas eu não tenho dinheiro.
– Olha aí, tá com o carrinho cheio de vinho caro, seu mentiroso.
– Calma, Vera. Isto aqui são pontos de fidelidade.
– Fidelidade? Você vai ver o que é fidelidade: vou dar para o primeiro que aparecer.

– Você não tá entendendo. Acumulei pontos de fidelidade e estou trocando por vinho.
– Sorte sua. Porque você vai querer beber muito depois que souber que eu dei para o seu melhor amigo.
– Você deu para o meu melhor amigo?
– Não, mas vou dar.
– Não faz isso, Vera. Vou pagar o maior mico com a turma.
– Ué, paga aí com os seus pontos.
– Será que aceitam?

*

Mulher liga para a Central de Atendimento do seu programa de fidelidade.
– Programa de fidelidade. Central, boa tarde.
– Boa tarde. Eu queria recuperar minha senha, por favor.
– Pois não. Qual é o seu nome?
– Rebeca Guida.
– Um minuto, senhora Rebeca. Estamos enviando uma nova senha para o seu telefone.
– Não! Eu mudei de telefone.
– Desculpe, senhora, mas nós só podemos mandar a sua nova senha para o telefone que está cadastrado.
– Por gentileza, você poderia cadastrar o meu telefone novo, então?
– Hum, não vai ser possível.
– Por quê?
– É que, para cadastrar o seu telefone novo, eu vou precisar da sua senha.

IDIOTAS PARA ANÁLISE

Consultório psiquiátrico. Um cara anda de um lado para o outro na sala imitando uma galinha. Enquanto isso, o irmão dele está sentado na frente do psiquiatra, explicando:
– É o meu irmão, doutor. Ele está achando que é uma galinha.
– Desde quando?
– Desde que saiu do ovo.

*

Ainda no mesmo consultório psiquiátrico. Mesmo dia, outra sessão, outro paciente. Um Hare Krishna.
– Eu acho que eu preciso de ansiolítico, doutor.
– Você?
– Eu ando muito estressado, nervoso, mandando tudo para a puta que pariu.
– Estranho.
– ESTRANHO O QUÊ?
– Calma. Eu só quis dizer que não me parece o perfil.
– Não sei o que está acontecendo comigo. Eu ando muito intempestivo.
– Aconteceu algo recentemente?

– Acho que é a vida profissional: o banco em que eu trabalho está reduzindo despesas.
– Como assim? Você trabalha num banco?
– Sim, foi tão difícil ser contratado. Agora eu tenho medo de ser demitido.
– Gozado.
– GOZADO O QUÊ?
– Calma. Nada. Você apenas me parece alguém mais adepto à vida simples, mais ligado aos valores espirituais.
– Eu sou, doutor. Mas vai pagar duas escolas e inglês com valores espirituais. Não dá. Os caras só aceitam grana.
– Como assim? Você tem filhos?
– Foi um descuido no Carnaval.
Pausa.
– Bom, eu vou receitar aqui uma dose pequena para começar. Duas gotinhas de manhã e duas à noite, antes de dormir.
– Muito obrigado, doutor.
– Magina.
– Vou até deixar um folhetinho Hare Krishna para o senhor ler quando tiver tempo.
– Não precisa.
– PEGA ESSA MERDA!

IDIOTAS EM GERAL

Minha vida não daria um livro. Daria uma redação do Enem.

*

A seção de obituário é a maior prova de que a imprensa é muito pessimista.

*

Se você fica ao lado do telefone esperando tocar e ele não toca, experimente ir ao banheiro.

*

Poesia atual. Não se iluda: na vida real, Kim Kardashian é só uma mulher cadeiruda.

*

Por que soltar fogos no final do ano se você pode comer lentilhas e fazer o mesmo barulho?

A massagista pergunta para o sujeito enquanto faz a massagem:
– Como está a massagem, senhor?
– Deliciosa...
– O senhor vai querer *happy ending*?
– Quanto fica com happy ending?
– Com happy ending são mais cinquenta.
– Com happy ending!
A massagista tira um livrinho infantil do bolso e começa a ler.
– E aí o rei e a rainha consentiram com a união e o príncipe e a princesa foram morar juntos no castelo e viveram felizes para sempre.
– Que é isso?
– Happy ending. O senhor não queria terminar a sua massagem com happy ending?
– Que merda é essa?
– Happy ending, senhor.
– Isso não é happy ending!
– Como não é happy ending? Eu estou dizendo para o senhor que eles foram felizes para sempre.
– Happy ending é...
– Eles se casaram. Tiveram filhos.
– Você sabe muito bem o que é happy ending!
– Eram de famílias inimigas que pararam de brigar!
– Vamos parar com essa brincadeira?
– O vilarejo todo ficou em festa...
Sim, felicidade é um conceito amplo. O sujeito se levanta da maca e vai embora puto da vida.

*

Inteligência artificial é quando eu não faço a menor ideia do que a pessoa está falando e faço cara de quem está entendendo.

Por que chegar a tempo na prova do Enem se chegando atrasado você pode aparecer na televisão?

*

Viajo todo fim de semana para pescar. Ainda não peguei um único peixe, mas você precisa ver como estou dirigindo.

*

Não importa qual é o hit do verão. O som mais ouvido é o dos pernilongos.

*

Se está difícil para você, imagine para quem vai ter que ler as redações do Enem.

*

Meus maiores elogios foram críticas.

*

Frio é coisa da sua cabeça. Principalmente quando você é careca.

*

Dia Mundial do Orgasmo. Que data gozada.

*

Meu chuveiro é bipolar: fervendo ou gelado.

Eu sempre dou a mão aos inimigos. Mas antes eu vou ao banheiro e saio sem lavar.

*

Difícil explicar ao seu cachorro que ele tem que usar coleira e o Justin Bieber, não.

*

Comprei um sítio para ir morar quando me aposentar. Mas é tão longe que é melhor já ir saindo agora.

*

Paciente na cama acordando. Médica ao lado fala:
– A sua operação de troca de sexo foi um sucesso.
– O quê?
– Vai querer guardar o pipi de recordação? Fazer um chaveirinho?
– Ahn?
– Fazer um chaveirinho?
– O que vocês fizeram? O que vocês fizeram!
– Calma... É normal uma variação de humor depois da cirurgia... Você tomou muitos medicamentos, Maurício...
– Marcelo.
– Marcelo?
O homem coloca a mão por baixo da coberta.
– Cadê meu pau?
– Mas... Marcelo é o paciente do quarto ao lado que veio tirar a amígdala.
– EU sou o Marcelo! EU sou o Marcelo! EU vim tirar a amígdala!
– Puta que pariu...

O homem põe a mão por baixo da coberta de novo.
– Ai, meu Deus do céu... Eu tô menstruando!?
– O que eu faço agora? Como é que eu conto agora pro Eduardo que eu tirei a amígdala dele? O cara vai ficar uma fera...

Visite nosso site e conheça estes e outros lançamentos: www.matrixeditora.com.br

PONTE AÉREA | Felipe Frisch

Apesar do nome, *Ponte aérea: manual de sobrevivência entre Rio e São Paulo* não tem a pretensão de ditar regras para quem deseja ter sucesso profissional, pessoal ou sexual em qualquer uma das duas cidades. Mas, com humor, joga luz sobre as características mais interessantes e também mais irritantes de cariocas e paulistanos, incluindo dois extensos dicionários de expressões típicas do carioquês e do paulistanês. Se você vai escolher um dos lados, a gente não sabe. Mas vai ser totalmente a favor desse livro.

GRANDES COMENTÁRIOS DA INTERNET | Francisco José Espínola

Bastou um comentário divertidíssimo num grupo de Facebook para que Francisco José Espínola virasse um fenômeno nas redes sociais. O "Mito", como ele rapidamente passou a ser chamado, ampliou sua atenção para os fatos reais e bizarros diariamente mostrados pela imprensa. Mais comentários, mais curtidas, mais compartilhamentos de suas ideias hilárias. Agora, essas grandes sacadas estão aqui reunidas para você. Uma das obras de humor mais divertidas que você já viu.

SAPO CÉSIO | Léo Lins

Ao desmontar uma máquina de um antigo centro de radiologia, dois homens liberam um elemento radioativo na natureza, o césio-137. O elemento químico causa mutação em um sapo, que nasce com oito patas e agora vai enfrentar o mundo e a si mesmo, nessa história do comediante Léo Lins, baseada em fatos reais, e com altas doses de humor negro. Uma obra contagiante.

PUXA CONVERSA FUTEBOL | Maurício Oliveira

Nesse livro em forma de caixinha estão 100 cartas, cada uma com uma pergunta para falar de um tema apaixonante: o futebol. Reúna a família ou os amigos e prepare-se para a melhor e mais divertida mesa-redonda. E, se precisar, pode ir pra prorrogação. A regra é clara: todo mundo tem direito a uma opinião, por mais polêmica que seja.

MATRIX